JN097410

人生100年時代の

イソップ物語

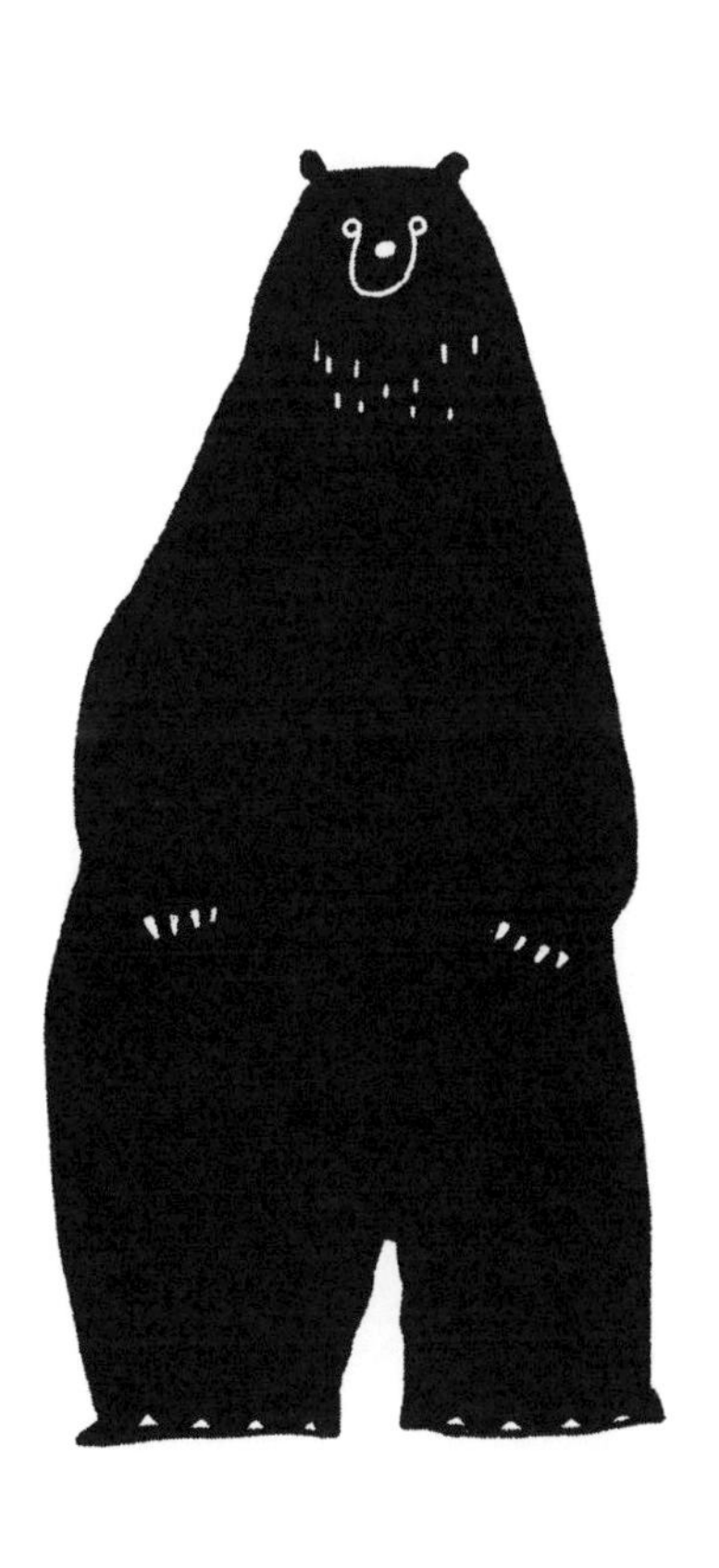

老人ホーム りんご学園
会長 塚田 俊明

目次

あらすじ

15才の少年　熊（くま）　悟（さとる）が学校で聞いた「人生１００年時代」の話。老後もたくさんのお金が必要で、介護も必要となるなど不安な話を聞いて「なぜ？」と大きな疑問を抱くようになる。

そんな悟少年が、やがて政治家となり、多くの「なぜ？」を解決してゆく。やがて91才でまだ現役政治家を続けている自分に「なぜ？」と疑問を感じつつ、政治家を引退し、第2の人生を歩み始める。

2099年、時代はすでに「人生120年時代」になっていた——。

序章

熊（くま） 悟（さとる）15才、都内の公立中学校に通っている。スポーツなどには興味もなく帰宅部。勉強のほうはそこそこ優秀で、いつもクラスの2、3番。親友らしき友達はいない。家には区役所に勤める父、熊和男と母、京子。母はケーキ屋に勤めるケーキ職人のパティシエ。近くに父方の両親が住んでいる。祖父の純一郎は元パイロットで、祖母の桃子は陶芸家。特にこれといった問題もない平凡な暮らしの一家である。悟は特に勉強が好きなわけではなく、誰からも勉強しなさい、と言われたこともない。ただ家にひとりで居ることが多く、他に趣味ややることもないので、家に帰ると今日の授業の教科書をぼんやり見ながら、気が付いたこと、覚えたことを教科書の空欄に

ぎっしりと書いていく。ノートは持たない主義だ。一年終わると教科書はメモで真黒となった。これ以外の勉強は一切しない。

今日、学校の授業で聞いた「人生１００年時代」の話が忘れられない。熊家は祖父の純一郎が81才、祖母桃子が83才、父和男と母京子は48才である。みんな１００才まで生きるのだろうか。その頃、自分は何をやっていて、どうしているんだろう。そういえばクラスの女の子で、ヤングケアラーとかで、母と祖母とその子の3人暮らしで、働きに出ている母親の代わりに祖母の面倒をみるために、学校を休みがちな子がいる。まさか自分もいつかヤングケアラーになるのか。

祖父純一郎は模型飛行機を作るのが得意で、よく河原に一緒に行って飛行機を飛ばした。祖父の飛行機はほんとによく飛ぶ。近くにいた子供たちも寄ってきて、みんなでその飛行機を追い掛けた。祖父は悟に模型飛行機の作り方を一生懸命教えたが、悟は興味は持てなかった。やがて祖父は悟を誘わなくなったが、相

変わらず模型飛行機作りは続けていて河原に飛行機を飛ばしに行っている。近所の子供たちの人気者ではある。ある時、祖父は父和男にこう言ったそうだ。

「悟は何に興味があるんだ？」聞かれた父はこう答えたそうだ。

「俺も何の趣味もないから、きっと遺伝したのかな」

祖母桃子は美術大学を出て以来、ずっと陶芸を続けている。車で一時間半程の山中に登り窯を持っている。悟が休みのときに、祖母に誘われて登り窯で、三日三晩薪をたく窯焼きをしたことがある。悟にとって、とても新鮮な体験だった。登り窯の隣にある小さな小屋で仮眠をとりながら、三日三晩の温度を見ながら薪を絶やさず入れてゆく作業は修業のように思えた。小さな窓から見える窯の中の炎は宇宙のようだった。

祖母は料理も上手だった。小屋にある簡単な調理器具で手早に、どんな料理でも作ってしまう。自分で作った皿にきれいに盛り付け食べさせてくれた。悟が

この登り窯へ来る楽しみのひとつだった。母京子はケーキ作りはするが、家であまり料理はしない。ケーキ以外の料理は得意ではないらしい。仕事も忙しいらしく、仕事帰りにスーパーで買ってき

た惣菜が、パックからお皿に並べ替えられ食卓に並ぶ。父は何も言わず黙ってもくもくと食べるので、悟も小さい頃から黙ってもくもくと食べる。熊家の食卓はいつも静か。食べ終わると三々五々各々の部屋に散る。そんなこともあって、祖母との登り窯小屋での食事は悟は楽しみであった。また祖母の話は、ちょっと難しかったが、何か興味のひかれる話が多かった。

「焼き物はね、全て自然が相手なのよ。土を練って、木の薪で焼いて、薪の炎で三日三晩包まれて、土が陶磁器になるの。全て自然のものの組み合わせで出来るのよ」

悟には陶磁器の良し悪しなどまだ分かる訳などないが、自然の組み合わせで出来ている不思議さを強く感じた。祖母は更に続けて、「この世の中には、人間界と自然界があるの。人間界では、人によって幸せになることもあれば、人によって不幸な目に合うこともある。同じように自然界では、自然を使って幸せをつくり出すこともできれば、逆に自然を壊せば災害や自

然の脅威で、やがて人間が不幸になる。どちらもその付き合い方はとても難しいものなの。人も自然もいいことばかりではないのよ。でも、それを味わうのも人生のひとつ。この世で生きてゆ

くということは、そういうことなのよ。わかる？」
祖母の話はいつも少し難しいが、何となく理解ができた。悟は正直に
「何となくわかる……。人もいい人ばかりじゃないしね。自然も地震があったり水害があったり…地球温暖化も人間のせい……」
悟の反応に祖母桃子はにっこり笑って
「そう、そんな中を生きてゆくには、まずしっかりとした自分作りが大切なのよ！」

「しっかりした自分作り?」

悟は初めて耳にする言葉だった。

「そう、しっかりした自分作り。力の限り土を練って、練って、自分の考えたように形をつくって、整えて、炎で芯の芯までよく焼いて、この世に出て来るように、窯から出て来るの。しっかりした自分作りは焼き物にそっくり!」

「うーん……」

悟は唸るように答えるしかなかった。

自分はこの祖母の焼き物に例えると、今はどの工程だ。しっかりとした自分作りの為に、練られているのか？　それとも形作られているのか？　熱い炎で芯の芯まで焼かれているのか？　と想いをめぐらせた。


「こんにちは！」

大きな声が響いた。近くで炭焼き小屋を営んでいる源太だ。

「おっ！　悟！　来てるな！」

「こんにちは」

悟は小さく答えながら、源太を見た。相変わらず派手な格好をしている。どう見ても山の中で炭を作っている炭職人には見えない。

「あらっ！　また夜の銀座？」

桃子も源太の派手な服装を見て皮肉っぽく言った。

田所源太、この近くの山中で炭作りをしている。源太の作る炭は高級炭で、評判がいい。御茶席や、高級料理屋などからの注文が多く、その他に日本橋に炭の専門店「炭源」も経営している。外には真赤なスポーツカーが見える。車は仕事用の軽トラと銀座に飲みに行くときのこの真赤なスポーツカーとても炭作りをしているようには見えない。しかも、この源太は、悟の父・和男の同級生。区役所に勤めている父を毎日見ている悟には、この源太の生き方が不思議でならない。子供心に人の人生っていろいろなんだなぁ、と思わせる人物であった。

悟には炭のことなど全くわからないが、源太の作った炭はとても綺麗だ。火持ちも良く、源太の作った炭で焼いた料理はひと味も、ふた味も旨いと評判だ。茶席の釜の湯の味までも変えると言われている。

源太は、世間話を一通り済ませると颯爽と、真赤なスポーツカーで去って行った。源太と父は、ほんとうに同級生なのだろうか。

悟には、不思議に思えた。学生時代はみんな同じに見えるが、人生を生きていると、人はこうまで違ってくるのか。自分はどうなる。父派か、源太派か、それ

とも……。
人生100年。あと85年生きて自分はどうなる。悟は登り窯の炎を見ながら、どうなるとも思えぬ自分、どうなりたいとも思わぬ自分と、めらめらと揺れる炎と自分を重ね合わ

せ思いに更けた。

――自分の人生は、めらめらと魂を燃やしながら、

自分で切り開いてゆくものです――

第2章

特薬サプリメント

悟は何となく高校に通う日々を過ごしていた。相変わらず帰宅部。友人もなく、成績はクラスで2、3番。特に何を目指してというものもなく、進学校ではあったので漠然と大学にでも行って、とは考えていた。両親も相変わらず、悟の進路について話をすることもなく、祖母の桃子だけが「大学へ行くようなら、お金出してあげるわよ」と時折言っていた。

人生100年、自分は何をやって過ごしたいのだろう、と考える日々もあった。そんなある日、悟は大きな決断をした。高校を卒業したら暫く働いてみよう。人生100年もある。よくよく考えて大学にほんとうに行きたいなら、それからでも遅くはない。自分でお金も稼いでみたかった。大学へ行くお金を自分で稼げるかどうかもやってみたかった。悟の行動は早かった。悟は炭焼きの源太のところに行き働かせて欲しいと頼んだ。源太はにこにこしながら悟の話を聞き、「はいよ！」と返事をしてくれた。

悟の生活は一変した。炭焼小屋に寝泊まりしなが

ら、昼間は働き、夜は勉強の日々が始まった。祖母桃子の登り窯を燃やす時は、それも手伝った。重労働も多いが悟には充実した日々だった。静かな山中での夜の勉強も、おもしろいように頭に入っていった。

源太も桃子も、少し世間と金銭感覚がずれているらしく、毎月びっくりする程の給料をもらった。山中で生活して、炭を作り、薪を燃やし、土をいじり、木を切っていると、自分自身も自然の一部になったような気がした。いつの間にか体も鍛えられた。そして、心も鍛えられ、強くなった。

二年がたち、悟は大学を受験した。金融と経済について学んだ。卒業後、大手銀行に就職し勤めたが、どう考えてもこれが自分の一生の仕事とは思えなかった。学生時代と同じような悶々とした気持ちの日々が続いた。

そんなある日、一つの記事が悟の目に入った。次の衆議院議員選挙の公募の記事だった。

悟は大きく息を吸った。15才の時に聞いた人生

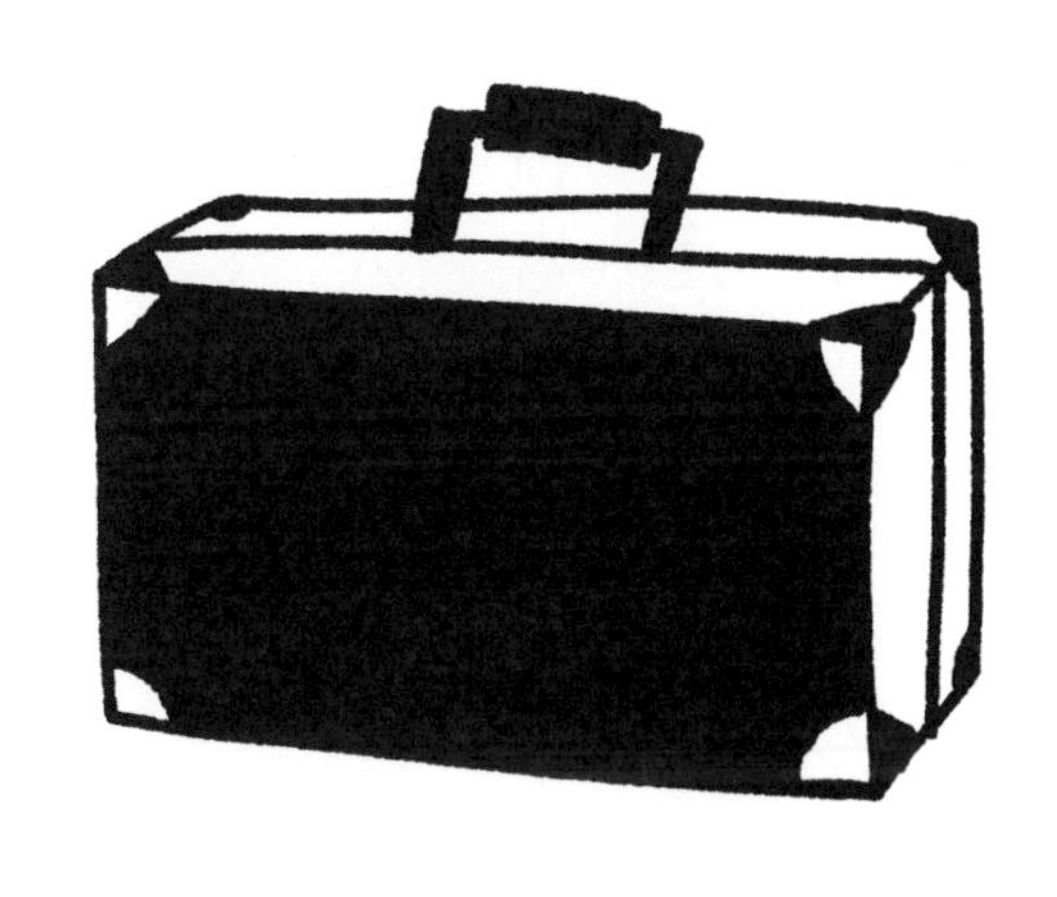

100年の話。歳を取るとお金が必要な話。介護や認知症の話。歳を取っても苦しむことに「なぜだ?!」と思った自分の素直な気持ち。それが心にひっかかっていて、今まで自分の将来、人生

について考えられなかったのだ。政治家ならこの問題を解決できるはずだ。炭焼小屋で働いた2年間、自然界で悟は活き活きと充実した日々を送れた。自然界の原理を人間界に取り入れれば、多くのことが解決するのではないか、漠然とした思いがずっとあった。世の中を変えるのは政治だ。悟はようやく自分が一生をかけてやるべきことが見つかった。そんな充実感で体が熱くなっていた。

悟は街頭でマイクを握りしめ聴衆に想いを語っていた。それは15才の時に聞いた「人生１００年時代」における老後の大きな不安。お金のこと、健康のこと、介護のこと。人生を一生懸命に生きてきたのに、最後に「なぜだ?!」との疑問。そして、その疑問に具体案を提示しながら切々と語ってゆく。

悟は、大学時代、銀行員時代この問題についてノートに書き記していた。ノートの数は１００冊を超えていた。学生時代ノートを持たない主義の悟であった

が、この問題についての教科書はないのだから、自分でこの問題に関する教科書を作ろう、との思いで始めた作業であった。その全ては悟の頭の中にある。いくらでも語れる、そして実現可能な方法、手順についても説明できる。悟は、流れるように語る演説で聴衆を魅了していった。

「今の日本にとって、一番必要なことは「人生100年時代」の在り方の問題です。

人生100年、最後まで健康長寿、自分で歩き、自分で動き、自分で考える。そして出来る限り働き、社会貢献をし、最後まで自分らしく生きる。これこそが、今の日本に必要な最優先課題です。その結果、医療費、介護費、福祉費などは激減し、労働人口は増え、年金問題もなくなり、税収は上がるのです。

それには、人生100年時代における60才定年などといった年齢制限制度の撤廃をすべき。」

と、一気に語り、やがてその具体論に入ってゆく。今は２０３８年、最近の日本のサプリメントの効果は飛躍的に進歩し、異業種からの参入も多く、その特性を生かした数多くの、効用も細分化され、各機能に特化されたサプリメントが数千種類出ている。

悟は、これを国が管理し、ほんとうに効果のあるものを「特薬サプリメント」として国が認証し、処方箋などなしで、一般にコンビニでも買えるようにするシステムが急務だと訴える。

特薬サプリメントは薬ではなく、あくまでもサプリメントだが、国の基準で服用15日で効果が認められるものだけが、特薬サプリとして認められ、その効果についても眼・耳・認知機能・足筋力・膝・腰・心臓・各内臓など各部位に直接効果のあるものに限られる。医薬品ほど即効性を求めず、昔のサプリメントのように効くか効かぬかは神様次第といったいい加減なものではなく、きちんとしたデータに基づく効能があり、長期に服用し続けることによって、各部位の身体機能を維持し続けるというのが、特薬サプリメントの

位置付けである。販売価格についても国が関与し、一日一粒100円以内、一ヶ月3000円以内という販売価格基準を定め、効用や需要によっては補助金を出す。

特薬足筋力サプリメントを服用し続けていれば、100才でも自力歩行ができ、特薬眼サプリメントを服用していれば、いつまでも視力1・2のまま、特薬認知機能サプリメントを服用し続けていれば、100才まで頭はクリアでいられる。特薬サプリメントは、自然界から抽出した成分だけで作られているから副作用もなく、徐々に身体に馴染むので、継続的に服用することにより、より効用は発揮され、身体の自然老化とプラスマイナスゼロで補うこととなる。自然界からの人間の身体の各部位に良い成分の発見と抽出は、日本にとって一大産業になり、またその栽培農業は新しい農業として発展してゆく。

いつの時代も政治に夢と希望は必要だ。悟はノート

100冊に及ぶ特薬サプリメントの実行性と、それによって日本国民の人生が大きく変わり、日本の経済も大きく発展すると、夢と希望を街頭で力の限り演説をした。日増しに聴衆の輪は大きくなり、拍手の音も大きくなっていった。最初の頃は、中高年の姿がほとんどであったが、いつの間にか若い人の姿が多くなっていった。場所によっては全て若者という会場もあった。悟は確かな手ごたえを感じていた。そんな様子を見てか、日増しに党の幹部、大物議員たちの応援演説も増えていった。

そして悟は見事当選した。悟は世論を味方につけた。そればかりではなく、悟の回りには、今までにない人の輪ができていた。是非一緒にやりたいと、多くの人が声を掛けてきてくれた。

里崎純吾、東大医学部卒で細胞生物学と解剖学を学んだ医師。悟の選挙中から応援してくれ、当選すると、是非一緒にやりたいと言ってきた。里崎は医師免許はあるが、病院勤務はしていない。悟より少し若く風貌はヒョウのようで、3年間ほどロックバンドをやっていたという。今は少し髪の毛が長くわからないが、当時はスキンヘッドで、頭に龍の入れ刺青が入っている。変わり者といえば変わり者だが、悟の理論には絶賛で、悟のことは選挙期間中から、先生、先生と呼んでいる。悟は、自分も2年間炭焼き小屋で働き、何かを掴んだように、この里崎もロックバンドを3年やり、スキンヘッドの頭に龍の入れ刺青を入れ、東大医学部で何かを掴んだのだろうと思うと、何か一緒にやっていけそうな気がした。秘書として特薬サプリメント政策を一緒にやっていこうと、誓い合った。

特薬サプリメント政策を進めるにあたって、里崎の知識、初見は役に立った。話を聞

きつけた各省庁の役人たちも、是非一緒にやりましょうと、事務所に訪れてくれた。マスコミの取材も日増しに多くなった。とはいえ悟は、所詮新人の一議員だ。党や国会をまとめる力などあるはずがない。悟は省庁の役人たちと力を合わせ、世論、民間企業を味方につける方向に動いた。各省庁の協力を得て、全国のサプリメントを製造している企業を集めて、説明会の開催を各地で開催した。どの会場も大盛況で、日本にこんなにサプリメントの製造、開発をしている企業があったのかと思うほど多くの企業が集まった。大企業から数人でやっている企業まで、会社や工場の場所も日本全国様々であった。この業種の裾野の広さと、人間の根幹に携わる問題だけに、グローバル産業だと確信した。

業界の要望は明確だった。国による基準の明確化と安全性の担保、そして何よりも個人の自由意志で購入できる販売方法であった。位置付けとしては医師が処方する薬と一般のサプリメントの中間が、特薬サプリメントである。
死ぬまで歩ける。死ぬまで見える。死ぬまで聞こえる。死ぬまで考えられる。死ぬまで喋れる。死ぬまで食べれる。そして、死ぬまで人生を最後まで楽しめる
──
悟の考える特薬サプリメントの一歩が大きく動きだした。15才の時に聞いた「人生100年時代」の不安「なぜだ?!」が、これで全部解決する。そして、日本の大きな産業となり、年金・福祉・介護といった問題

も解決するばかりではなく、サプリ素材・原料のための新しい農業、地方での生産工場、何よりも世界に向けての特薬サプリメントの輸出は、これからの日本の基幹産業となる。

悟は思った。日本の民間の力はすごい。あとは政治が後押しをすればいい。今回は役人たちも本気だ。全てが各省庁の利に叶う。そして何よりも、政治家も役人も国民も、自分の将来を楽しく過ごせるのだから。

――世の中を批判しても、何も生まれない、
変わらない。
遠回りしても、時間がかかっても、
真実に向かって事を解決し、事を進めてゆくことが、
みんなで幸せになる方法なのです――

第3章

――幸生参業大臣――

悟の回りには多くの人が集まるようになった。日本全国のサプリメントを製造している数多くの企業も、国が特薬サプリメントの位置付けと指針を示すことによって、研究・開発・製造は進み、国による法制備も大詰めを迎えていた。そんな折、悟に厚生労働大臣の任がきた。

悟が最初に取り組んだのは「厚生労働省」という省庁の名称変更だった。これからは、国、国民の人生に対する考え方を大きく変えなければ、という想いからだった。

「厚生労働省」は「幸生参業省」となった。幸せに生きて、業（なりわい）をもって社会に参加する仕事をするという意味だ。「参業省」については、秘書の里崎の意見を取り入れた。「これからの時代、仕事は労働であってはならない。人生１００年時代、世界に類をみない健康長寿国となるのだから、死ぬまで人生を楽しむことこそが人生の第一の目的であり、仕事はその為の社会貢献であり、社会への参加であり、一律に労働の時間や賃金を決め、納税させる時代ではない。

自分が人生のどのくらいを、どの仕事に当てるかは自分自身が決めることで、それがそれぞれの人の人生の幸せになるんです。」

里崎は自らそれを実践していた。秘書の仕事は週4日で、週2日はロックバンドの活動を続けている。残りの1日は、日本全国にある「道祖神」のスケッチに出掛けている。特薬サプリメントについては医師の立場から助言し、各メーカーからの相談にものっていた。

特薬サプリメントは、国がはっきりとした基準を示したことにより、今までのような効くのか効かないのか、よく分からないサプリメントは淘汰された。食品にしても、何々が何々に良いなどの話に踊らされ、一時的にスーパーからなくなるような現象もなくなった。何々が体に良いと言っても、トラック一台分くらい摂取しなければ効果がなかったり、マウスの実験では……などと言う、いつのことやら研究や、そもそも動物と人間は全く違う訳で、同じ人間であっても、全く同じという人間は存在しないのだから、自然界から誕生した人間の進歩には、変わらぬ自然界の力を凝縮して取り入れるというのが、特薬サプリメントの基本であり理念である。

悟が、特薬サプリメントの普及に全力で取り組んだこともあり、高齢者ばかりでなく、若い世代でも服用する人も多くなった。年代によっては90％以上の人

が、自分にあった何らかの特薬サプリメントを飲んでいる。
　眼に良いとされる果実のサプリメントは、以前のものと比べ、一万倍凝縮され、更に速効性も高められ、今や高齢者でメ

ガネをかけている人は、ほとんど見かけなくなった。またこの果実のように、需要が多く安定的に売れる農作物への農業参入には多くの若い人たちが参加し、より品質の高い品種改良も日進月歩のよ

うに進み、各地で農業の活性化が進んだ。

２０５０年、日本の人口は一億人を割る、と言われていたが、一億一千万人のまま安定している。

90才くらいまで働いて

いる人たちも多くなった。悟の父・和男も公務員の定年制が廃止され、75才になった今も区役所に週4日勤めている。母・京子はケーキ作りのパティシエとして講師となり、料理学校や公民館でケーキ

作りの先生をする毎日で忙しい。みんな若々しく、75才が後期高齢者などといっていた時代は何だったのかと思う。

母・京子は何の特薬サプリメントを飲んでいるのか、悟にははっきり言わないが、足腰サプリ、眼サプリ、味覚サプリ、肌艶サプリを飲んでいるらしい。スタイルは良いので若くは見えるが、生徒たちには、55才で通しているらしい。

高齢者が健康長寿になったばかりでなく、少子化にも歯止めがかかり、出生率も増えてきているのも、人口減少が止まっている原因だ。

悟は特薬サプリメントの普及と共に、人生１００年もあるのだから、若い世代に10年間、国から月15万円支給し、自分がやってみたい人生チャレンジプラン制度を創設した。悟と秘書の里崎で財源の試算をして、高齢者の医療費・介護費・福祉費が大幅に減ることがわかり、それをこれからの若い人たちの人生プラン制度にあてようというものだった。自由参加の制度であったが、80％以上の若い人が、この制度に参加した。中学・高校・専門学校・大学を終えた若い世代が10年間自由にこの制度を利用できる。自分のやってみたいことにチャレンジする者・海外に留学や旅に出る者・仕事について給与も得て若いうちから蓄える者・何もしない者など様々であった。

これだけの若い世代が動けば、国は活性化していった。若いうちにと、家庭を築き、子育てに育む者も多くいた。病院の産婦人科は久々に若いママたちで賑やかになった。

悟は思った。人生１００年、しかも90才、１００才になっても、自分のやりたいことは出来る時代になったのだから、若いうちの10年間くらいは自由に、いろいろな事を考えながら過ごしたらいい。

悟は、高校を卒業してからの炭焼小屋での２年間を思った。あの２年間がなかったら、今の自分はあっただろうか。全てのことが自由だから考えられること、出来ることがある。これからの時代は、もっと多様化した考えの人が必要な時代になる。その多様化した考えを生み出せるのは若いうちだ。国レベルでの人づくりが必要な時代になってゆく。時代は益々変化し、進歩する時代に入っている。

妻・京子によく言われる。

「あーた！　まだ携帯電話使っているの？」

悟は4才年下の京子と8年ほど前に結婚した。祖母・桃子が定期的に個展を開いていた銀座の老舗画廊の三代目であった。政財界や芸能界にも多くの顧客をもつ顔の広い女社長である。桃子の個展のたびに画廊に顔を出すたびに京子と親しくなり結婚した。

「お母様も京子、私も京子。ややこしいわね。」京子の口癖であった。資産は悟の比ではなく、自立した今時風の女性で、新しいもの好きである。

スカイカー・空飛ぶ車も持っている。数年前からハンドホン・手かざしホンを使っている。手のひらをか

ざすと画面が現れ、携帯電話の機能から金銭決済、テレパシー機能の会話もでき、悟が昔ながらの携帯で電話を耳にあてがって話をしているのを見ると、笑い転げるように悟を見た。悟は、特薬サプ

リメントの普及や、若者の10年間チャレンジ制度の法制備などに邁進している間に、どうやら時代に取り残されたらしい、と思った。時代に先がけて政策をしてきたつもりだが、ふと気がつくと、世の中はもっとどんどんと進んでいる、そんな感じであった。もしかして悟のいる政治の世界は、世の中の進歩から、いつも、かなり遅れている世界なのではないか…そんな不安が京子と話していると感じてくる。そういえば、同僚の議員たちはみんなタイヤの付いた車で走っているし、今だに携帯電話すら使いこなせない議員もたくさんいる。

気がつけば、国民の8割近くが無党派層になっているのに、国民の多様化で、ミニ政党が乱立し、国会を開いてもまとまる話もまとまらず、時間ばかりかかり時代の急激な変化についていけてない。人間界と自然界の他に政界がぽつんとあるような感じだ。

悟はタイヤの付いた車で、久し振りに山中の祖母・桃子の登り窯に向かっていた。桃子が亡くなって、もう15年くらい経つだろうか。それ以来の久し振りの登り窯であった。山中に向かう景色は昔とは違い一変していた。この一帯は、特薬サプリメントの原材料を栽培する農業地域に整備され、その中に自然と見事に調和された住宅街が点在している。特薬サプリメントの研究と開発に興味をもった世界中の研究者たちが、日本への移民となり、その為の住居であった。20ヶ国以上の国々から研究者が集まっていて、道路標識・案内板も日本語と共に英語表記もされていて、あたり一帯は、今までになかった日本の風景であった。

登り窯に着いて車を降りると、悟に何ともいえぬ不思議な感覚が走った。土の感触だった。土の上を歩くなんて何年振りだろうか。靴の下には小石の感触もある。悟がいる国会周辺に、こんな小石がごろごろしていたら、人は転ぶ、小石が飛んでケガをしたなど騒ぎが絶えないだろう。1時間もしないうちに、清掃員、警備員らによって撤去されるだろう。人によって作られた僅かな緑地や街路樹の中で仕事をし生活する人間界の暗黙のルールとなっている。こうしたルールの中では、小石や雑草などは、あってはならないものとして扱われる。こうした中で考

え、議論したものが形となり、法律や社会のルールとなるから、驕りや歪みが生まれてくるのではないか、悟は靴の下にあった小石を手にして、そんなことを考えた。

妻・京子に笑われる携帯電話の呼び出し音が静かな山中に響いた。電話に出ると、党の最長老議員・羽根山太郎であった。御年90才、歴代の国会議員の最年長記録を更新中の元気印議員である。北海道の漁村の出身で、選挙はめっぽう強い。今は党や政府の御意見番的存在で、人望も厚く、時には野党の運営指導と称して、づかづかと口を出す。話が上手くもの言いも柔らかく、筋の通ったことを短く、ぱんぱんとしゃべる口調なので、どんな相手も、短く聞いたあと「考えてみます」となり「考えてみて！」と言い残し、さっさとその場を立ち去ってゆく。羽根山は、とにかく歩くのが早い。「広い北海道、もたもた歩いてたら廻りきれん。」が口癖で、悟が一緒に歩いていても、付いてゆくのに大変なくらいだ。チャーハンが好きで、議

員会館の食堂でも、いつもチャーハンの大盛を食べている。今年限りでの勇退を決めている。内容は分からないが、地元に帰ってやりたいことがあると周辺には話している。90才を過ぎて、まだ何をす

るのだろう。そんな羽根山を気づかってか、党も政府も最後の花道として、来年度から始まるベーシックインカム制度の担当大臣をやっている。

羽根山は妻・京子の経営する銀座の画廊の長年の客でもあり、祖母・桃子の個展にも毎回来て、作品を購入するファンであった。悟が京子と結婚することを知ると、「あんた、なかなか目が高いな。桃子先生から聞いたことあるけど、お母さんも京子さんらしいな、京子と京子に囲まれて、ほんとにあんたは「京男」やな！」

「京男？」ほめられたのか？　確か「京男に伊勢女」と言って、京都の男が一番いいと言われ、世渡り上手で、計算高く、プライドが高く、意地もあるが、話し方も行動もおっとりして優しい雰囲気がある、というほめ言葉だ。こうした羽根山の話術もあって、悟は羽根山と抜き差しならぬ関係になっていた。90才の政治家羽根山の魅力がわかったような気がした。羽根山は悟の進めた特薬サプリメントの開発にも身を削って協力してくれた。証認前のサプリメントなども企業まで出向き、「ほんとうに効くんだろうな?」などと言って「治験試飲してやる!!」と体を張って、開発の協力をしてくれた。羽根山が体を張って治験試飲した特薬サプリメントは全て認証され、その数は20種類以上に及んだ。悟がその度に礼を言うと、「政治家は世の為、人の為にある。」と笑い飛ばした。そして、「政治っていうのは、新しい世界を夢見ることさ…」と90才とは思えぬ青くさいことを平気な顔で言う。なるほど、この歳まで厳しい選挙を戦い抜いて来た人は、人間として底が深い、とつくづく思った。

羽根山が、国会で大臣として最後の質疑を受けることになった。相手は野党第一党の副党主笠原都子・88才、演出されたかのような、長寿議員対決であった。笠原都子は政界のお局様的存在、早口で喋るのが得意で、1分間でも、人の4倍の言葉数を並べて喋る。相手の返事など待たず、自分で質問し、「そうでしょうね」と自分で答えて、次々と喋り、責めてくる。時には質問に立った瞬間に、大臣や総理に向かって「今日のあなたのネクタイ、趣味悪いわね。」と切り出してくる。相手がタジタジしていると、「誰が選んだの？ 奥さん？」と続けて「そんなセンスだから、外国になめられて、外交がうまく行かないのよ!!」「さて、それはさて置き本題の……」とペースをつかんで来る。そんな本人の服装はいつも真赤なスーツ姿。日の丸の赤だ、と本人は言っている。この服装で、国会で大暴れした翌日の新聞の見出しは、

『右翼のお局様、野党で大暴れ?!』という見出しになる。

そんな88才・笠原都子と90才・羽根山太郎との度重なる夜の密会？　と称して夜のレストランやホテルラウンジで食事をする2

人の写真が数多くの雑誌や記事となって出回っている。悟は恐くて羽根山には聞けないが、笠原都子も夫を亡くし、羽根山も妻を6年前に亡くし、2人共今年で引退を表明している、まさか羽根山が言っていた「地元に帰ってやりたいことがある」というのは……。

悟は、想像のなかで、たぶんそうだと思った。顔が自然にほころんだ。「特薬サプリメントは、日本中に効いている！　確実に！　日本中に効いている」

第4章

──2075年──

２０７５年、悟の父・熊 和男、母・熊 京子が相次いで亡くなった。２人共、１００才であった。２人共、特薬サプリメントの効果もあり、最後まで自分で歩き、自分で考え、自分で見聴きし、自分で動き、自分で書き、時には旅行もした。２人共70代半ばといってもわからないほどであった。詳しく聞いたこともないが、２人共５～６種類の特薬サプリメントを飲んでいたようだった。

先に亡くなった父・和男の遺品を整理している

と、悟の知らなかった父の姿、父らしい人生の過ごし方が見えてきた。

父・和男は区役所の公園緑地課に勤めていた。悟は何の取り柄もなく、安定しているからと、区役所に勤めているのだろう、くらいに父を見ていた。遺品のなかにダンボールに入った夥しい量のノートがあった。200冊以上、どれも几帳面な字と絵や表、図がびっしりと書いていた。ノートは3色に分かれていて「虫ノート」「街路樹ノート」「草花ノート」と記されていた。悟は自分も100冊にも及ぶ特薬サプリメントの普及について書いたノートを思い出した。父からの遺伝子だったのか。脇にあったもう1つの小さなダンボール箱には、父が小学生・中学

生の頃に書いた「野山の虫」「町の虫」「野山の草花」「町の草花」のノートが入っていた。

趣味も取り柄もないと思っていた父であったが、悟は初めて父の真の姿、生き方を見た。父は自分の好きなこと、自分でやっていて楽しいことを仕事にしていたのだ。だから、区役所の公園緑地課ひと筋で、移動も断り、出世も望まず、楽しい人生を送ることを第1の目標に生きた人だったのだ。だから区役所の公園緑地課で98才まで嘱託で、週4日の勤務を続けていたのだ。母に聞くと、毎日早く起きて自分でおにぎりを2つ作り、沢庵とお茶を持って作業服で出掛けて行ったそうだ。

自分で手掛けた数多くの公園の整備や清掃を計画的にやっていたらしい。さぞかし楽しかったんだろうな、毎日が……悟はそう思うとなぜか涙が出た。悟は、いたたまれず近くの公園に行った。入口に小さな看板があり、管理・区公園緑地課と記され、その下に担当者熊和男と記されていた。地面は芝と小石が敷き

詰められていた。悟は小石を踏み締めてみた。足の裏に心地よい感触が伝わった。ここで多くの人が、忘れていたこの感触を楽しんだろうと思うと、父の笑顔も一緒に浮かんできた。

この中に、いったいどのくらいの虫がいるんだろう。どのくらいの草花があるんだろうか。初めは人の手によって植えられた植物も根を張り、数を増やし、そこに予期せぬ雑草も生え、どこからか虫、昆虫、鳥もやってくる。悟は不思議な思いになった。

人がどんなに計画的にやろうが、やがて自然の摂理で、自然に任せるしかない。父が生涯やってきたことは、人間界と自然界の橋渡しだったのだ。しかもそこに、父の趣味と実益を兼ねて、というしたたかさも見える。職場の環境や居心地は分からぬが、少なくとも好きなことを仕事として、楽しい人生を過ごしたことは間違いない。悟は父のしたたかさと、自分らしさを貫き通した人生に、あまり喋らなかった父の心の強さを見たような気がした。

空を見上げると、
青空の中にスカイ
カー・空飛ぶ車が飛び
かっている。ベンチ
では、何人かハンド
ホン・手かざし電話
で電話をしている。
口を動かしていない

者もいる。テレパシー機能を使っているのだろう。時代は大きく変わっている。悟は特薬サプリメントや若い世代の人生チャレンジ制度で世の中を変え、人の生き方、在り方を変えてきたが、そのほかの大きく変わってゆく世の中の進歩についていけないでいる自分を思うと、何か歯痒さを感じた。その時、ポケットの中の携帯電話のプルプルという大きな呼び出し音が響いた。最近は、あまり聞かない古めかしい音だ。その音に振り向く者もいた。電話に出ると秘書の里崎だった。

「特薬サプリの件、国民裁判になりそうです」という一報だった。最近、特薬サプリメントを飲み続けて健康だった人が、100才を迎えたり、100才近くなると、飲むのを止め、「もうそろそろいいわ……」と自然老化が進み死に至るケースが増えている。この現象に対して一部の知識人と称する人たちから、これは自殺ではないか、という見解が出された。これには様々な意見が出され、国会でも審議したが、国民裁判に委ねるという結論になった。

国民裁判は、40年程前の2035年にできた制度で、国民に直接係る事項については、国民投票によって結論を出していこうという制度で、告知、議論から投票、集計まで2週間で行われる。今までのような、時間がかかる国会議論や、何年越しの裁判は、全く時代に合わなくなったから、出来た制度だ。多様化した社会で時折起きる宗教の問題も、国民裁判にかけられ、「届け出されてから200年を経過したものでなければ、宗教と認めない。」という国民裁判の投票結果が出た。議論は、宗教は心の寄りどころであり、創始者の存在ではなく、その教え、真理が後世、人の世に語り継がれ、人の世に根付くのか、の実証が必要であることから、その期間は200年が必要ということになった。その間は届け出はしても、社会的には一般サークル扱いで、寄付行為、布教活動のようなことは出来ない。それでも本当に人々の心の寄りどころとなるものであれば、200年のあいだに広まるものは広まるだろうから、それから宗教として認めればいいということである。宗教の歴史は、人類の歴史である。そんなに拙速に、「はい、出来ました！」というものではありません、と言う歴史学者の発言は、多くの国民を納得させた。

特薬サプリメントも、いよいよ国民裁判にかけられる。悟にしてみれば、これは想定内のことであった。悟の100冊ノートの99冊目は、この問題について書かれていて、答えは出ていた。

父のあとを追うように逝った母京子、父の死後自らの意志で特薬サプリメントを止めていた。母の亡くなったあと、部屋を整理していると手付かずの特薬サプリメントが大量にあった。しかもそれは段ボール箱に入れら

れ、封がされ、部屋の物入れの隅に置かれていた。悟は母の気持ちがすぐ分かった。もしかしたら、２人で１００才まで元気で生きたらと、話していたのかも知れない。

母は、ケーキ作りのパティシエとして、一生を貫き通した。昔とは違い甘いだけのケーキなど誰も食べない時代になっていた。人の多様化で味の多様化も進み、ケーキも酸味のケーキ、苦いケーキ、辛いケーキなどが主流で、しかも合わせて飲む飲み物によっ

て、ケーキの味が変わるようになっている。またゼロカロリーが当たり前で、母はこれらの研究、制作に没頭していた。人の意識は味覚まで変えてしまう。母の部屋にはケーキ作りに必要な食材の

本や資料のほかに、人の意識についての本やデータがたくさんあった。ケーキ作りの教室も昔とは全く違うのだろうと想像できた。

悟が結婚してから、妻・京子の誕生日と悟の誕生日、年2回母は手作りの誕生日ケーキを届けてくれた。毎年、斬新なデザインのアート作品と言っていいほどのケーキだった。ケーキを箱から出すたびに妻・京子は「あーたのお母さんのケーキすごい!!」立体的で野に花々が咲き、小川が流れ、遠くに雪を被った山々が連なる日本の春の風景画のようなケーキもあれば、力強い曲線、色とりどりの幾何学模様を散りばめた抽象絵画のようなアブストラクトなケーキの時もあった。その度に、母のケーキ作りにかける執念をみた。箱には、「コーヒーと併せると甘酸っ

ぱさを感じます。紅茶と併せるとほろ苦さを感じます」とシールが貼ってあった。

「おいしい！ あーたも食べて！」妻・京子は、コーヒーと紅茶両方を用意して、楽しそうに食べた。もうあのケーキを味わうことが出来ないのかと思うと、寂しさが込み上げてくる。

そんな母・京子も父の死後、自らの意思で特薬サプリメントを断ち、自然死の道を選んだ。

第5章

―人生120年時代の到来―

悟は、特薬サプリメントを普及してきたことで、昔、老後と言われた世代を、ずっと現役のまま幸せに過ごした人たちの人生を見てきた。最後まで、自分で歩き、自分で見聞きし、自分で考え、自分のやりたいことをやり、社会に貢献し、人に迷惑をかけずに最後を迎える。１００年生き切る。

「無理なく、無理しない生き方。」

悟が大きな目標としてきたことだ。

生きるということは、人生を楽しむことだ。この世に生まれ、この世の中を自由に旅をするように、その人その人が考えた生き方を楽しめばいい、悟はそう考えている。最後まで自分のことは自分で出来る世の中になったのだから……。

悟は久し振りに近くの河原に散歩に出た。手には昔祖父純一郎が作った模型飛行機を持って。悟は河原に着くと、その飛行機を飛ばしてみた。飛行機はよく飛んだ。悟は、その飛行機を走って追いかけた。走りかけてすぐに悟は足がもたつき転んだ。飛行機は空に無

数のスカイカーが走っている中へ飛んで行った。悟は歩行の為の特薬サプリメントを飲んでいたが、ふと注意書きを思い出した。

「この特薬サプリメントは、あなたがいつまでも安全に、ご自身の足で歩行される為のサプリメントです。全速力で走ったり、長距離を走ったりすることを補助するものではありません。」

悟はひとりで笑った。

「そうだよな……無理なく、無理しないだな……」

ポケットの中の携帯電話が鳴った。もうすっかり骨董品扱いとなってしまった携帯電話。来年２１００年で廃止が決まり、今でも使っている者はマニアか時代遅れの者だけである。

電話に出ると、北海道の羽根山空海だった。空海は、あの羽根山太郎と笠原都子の息子である。２人共政界引退後に結婚した。羽根山太郎90才、笠原都子88才。翌年に息子・空海が誕生した。２人共、子作り再生サプリメント、出産機能再生サプリメントをずっと

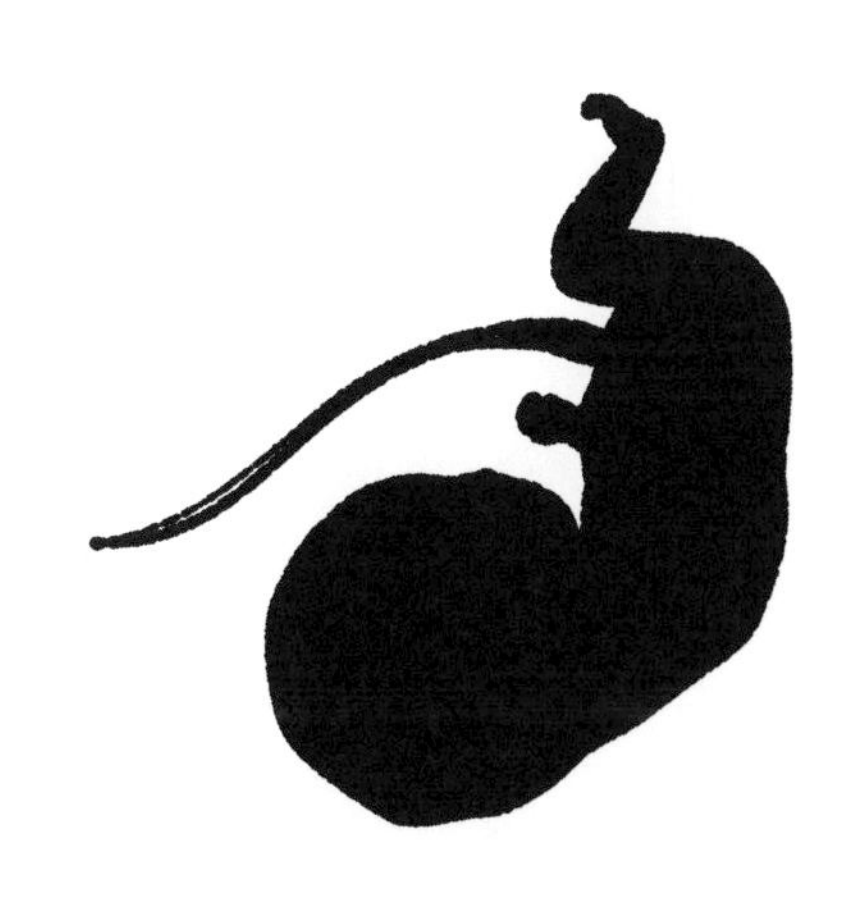

飲んでいた。とは言え、この年齢での出産は世界的な大ニュースとなった。特薬サプリメントが出て以来70代での出産はあったが、90才近くの出産は世界初であった。国家プロジェクトのような

出産プログラムが組まれ、無事出産した時は、世界中が喜びに沸き返った。その時生まれたのが、この電話の羽根山空海である。出産後の両親の記者会見で、笠原都子は出産の大変さを聞かれたが、「別にどうってことありません。私、子供生むの４人目だから、ウンコするようなもんですよ！」と言ってのけた。父親の羽根山太郎は横でにこにこするばかり。２人はその後、羽根山太郎は１１５才まで、笠原都子は１１８才まで生きて天寿を全うした。時代はすでに、人生

100年時代ではなく、「人生120年時代」になっていた。人は120才まで生きられることは医学的研究でも証明されていた。

また人類の営みも、1年は12ケ月で構成されていて、1日も午前中が12時間、午後が12時間で、干支も12支で1廻りとされていることから、人類の持ち数は12とされ、10回廻って120才まで生きられるとか、12回廻って144才まで生きられる、との諸説がある。

人生１２０年時代の申し子のような羽根山空海からの電話の要件は、次の総選挙に地元北海道から党公認で出馬することになった、との連絡だった。応援にも来て欲しい、とのことであっ

た。空海は今、地元の大学で教授をやっているが、生い立ちからも名前は全国区どころか世界的であるし、頭も良く男前で、物腰も柔らかく、人気もある。悟は必ず応援に行くと約束した。次の総

選挙、自分はどうしよう。91才で引退し、第2の人生を、とも考えていた。しかし、人生100年と思って生きてきた間に、いつの間にか「人生120年時代」になっていた。あと30年もある。どうする……。

この歳になってからの30年は長いぞ、と悟は思った。国会議員をもう少し続けてみるか。95才くらいまでは、続けられそうな気もする。秘書の里崎は、「先生、100才までやりましょう！」と言ってくれる。里崎は相変わらず元気だ。80才代になっても週末は、ロックグループとしてステージに出ている。1年前に出した新曲「ワン・ハンドレット・ロック」が大ヒットして、ツアーもやっている。95才まで国会議員をやれば、最高記録となる、が悟にはそうした欲はない。引退して、山中の登り窯で祖母のように焼き物でも作ろうか。得意の書道と合わせて、いつか個展でも開けたら、という漠然とした夢はある。しかし、この話は進めていくと妻京子にこう言われる。

「あーたが個展を?! 焼き物と書で?! どこで?! うちの

画廊で?! まさか！」となるに違いない。妻・京子はビジネスに厳しい。

「画廊で扱うにも責任がありますからね。作品をよくよく観てからでないと、だめ!!」となるに違いない。もっともである。悟自身、自分がどんなものを作れるか分からないのだから、話のしようもない。歳をしてから、こんな冒険はすべきではない。それなら、山中の登り窯小屋で仙人のような生活でもしてみるか。きっと、それも悪くない。やがて体の自由がきかなくなったら、家で妻・京子の介護でも受けるか。それも悪くない。結婚して以来、政治活動に走り回り、ゆっくり2人で過ごしたこともない。2人の間に子供もできなかった。不徳の致すところだ。京子の介護を受けながら、のんびり過ごすのもきっといい。しかし京子の事だ。家に介護ロボットを揃えて、自分ではやらないようにする可能性もある。排泄対応ロボット、食事介助ロボット、リハビリ対応ロボットなど、4、5台の介護ロボットに囲まれた生活になる恐れもある。それなら、民間の介護施設に入居して、温もりのある人たちに介護してもらったほうがいいか。悟は、人生１００年と生きて来たのに、今、人生１２０年時代となり、あと30年程の人生をどう生きればいいのか、あれこれと想いを巡らせた。

あと30年は長いなぁ、との想いしか、今はない。介護を受けることなど考えずに、最後の最後まで、いろいろな特薬サプリメントを飲み続け１２０才まで生きてみるか。今は考えられなくても、何か生きる楽しみ

が見つかるかも知れない。自然に任せるのは、それからでも遅くない。生きるということは、人生を楽しむことなのだから……

「プルルルッ！」

古びた携帯電話の呼び出し音が鳴った。京子からだった。以前から予約してあった夜の気球レストランが、2年待ちであったが、キャンセルが出て、今日乗れるようになった、との連絡だった。夜の夜景を見ながら、空を気球でゆっくり飛び、一流シェフの料理を食べる人気のコースだ。３時間の遊覧だから、京子にこれからのことも話してみようか。

「あーたのやりたいようにしたら！」

と言う答えは分かってはいるが……。


熊悟・91才、政治の世界には区切りをつけよう。

これから、10年なのか、20年なのか、30年なのか、分からないが、これからは人間・熊悟として、人生どこまで楽しめるか、やってみよう。特薬サプリメントを飲み続けるのも、止めて自然に任せるのも、介護を受けるのも、最後の最後まで自力で動くのも、自由に選べるのだ。これからゆっくり考えて決めればいい。人生に答えなどない。人生を充分に楽しめたと思ったら、長い旅から戻ればいい。そんな選択が自由にできるようになったこの国は悪くない。いい国になったものだ。

２１００年、熊 悟・92才、新たな人生の楽しみを見つけ、どこかで人生を謳歌しているに違いない。

あとがき

今から100年程前（1920年）の日本人の平均寿命は、女性が43才、男性は42才でした。今は女性が87才、男性が81才ですから、今の半分くらいでした。ここ100年で日本人の平均寿命は、ちょうど2倍になったことになります。

人類の始まりの縄文・石器時代の平均寿命は15才前

後と言われています。ずいぶんと延びたものです。この先まだまだ延びるのか、どこかで頭打ちとなるのか、どこかをピークに元に戻ってゆくのかは分かりませんが、大切なことは、生きている限り、最後まで元気でいることです。人は人生を楽しむために生まれてくるのです。最後まで元気に人生を楽しむことが一番です。人生いろいろありますが、いつもこの気持ちだけは、しっかりと持っていたいものです。

いつまでも元気でいたい「健康寿命」。平均寿命が延びれば延びるほど、人によって健康寿命に差がつきます。私の経営する老人ホームりんご学園でも、早い方は70才位で入居されてきます。一方、遅い方は、95才位で、ようやく介護が必要となり入居されてきます。介護の面で言えば、健康寿命は25才、2廻り違うということです。これは70才からということではなく、40～60才の日々の過ごし方が原因であることは言うまでもありません。

歳を取るにつれ、様々な不安を持つ人は多いですが、3大不安は、認知症になったらどうしよう、歩けなくなったらどうしよう、耳が遠い、目が見えない、の3つの不安です。りんご学園にも、このような方はたくさんいらっしゃいます。

103才で天寿を全うされた佐藤英太郎さん（仮名）は、認知症で、最後の3年間は寝たきりでした。佐藤さんの認知症は、とてもすばらしい、人を明るくする認知症でした。朝と夕方には、部屋から君が代の独唱が聞こえてきます。大きな、太い声で廊下に響き渡ります。スタッフも、他の入居者の方々も、にっこり。人をほめるのが好きで、そんなにキレイでもないスタッフにも、いつも「キレイですね！　ありがとう！」と何回も言います。認知症というと、マイナスなイメージばかり言われていますが、おとぼけが上手な、かわいいおばあちゃんとか、この系統の認知症の方はけっこう多く居て、周囲を楽しませてくれます。

また、目の不自由な方もいて、桜の花見の頃、近くの名所に車に分乗して花見に行きましたが、最初はこの方は見えないので留守番組としていましたが、車の席が1つ空いたので、一緒にお連れしました。桜並木に差し掛かると、この方は「まぁ！　桜咲いているわね!!」と大きな声でスタッフに話しかけました。天気も良く、車の窓を少し開けていたこともあり、全身で桜の香りを感じとられたのです。深く反省しました。人が人をみる介護で、人、人間というものを全く理解していなかったこと。人間の能力は歳と共に失われてゆくだけではなく、今までになかった能力が芽生えるのです。医学的にも、人間は7年で体の全細胞が入れ替わる訳ですから、70才で10回、１００才だと14回も体の全細胞が入れ替わっているのですから、なくなる能力、新たに生まれる能力がある訳です。

生まれた赤ちゃんのまま１００才を迎えても困る訳ですから、その歳、その歳になって起こることは、上手に受け入れて、あとは体に任せておけば、体のほうが何とかしてくれるということです。これはたぶん、人間界のことではなく、自然界の理論に基づくことだと思います。

イソップ物語の熊悟も91才で政界を引退し、新しい生活に入って行きますが、91才は7年毎の全細胞の入れ替わりの13回目になります。体も心も真に、リフレッシュする年齢です。あとは、今までの自分に固執するあまりイライラとした人生となるか、新しい自分を上手に受け入れ、新鮮な気持ちで残りの人生を過ごすのかは、熊悟次第です。

また、政界の御意見番・羽根山太郎と笠原都子の生き方も、人生100年・120年時代ともなれば、あり得る話です。日本の政治家の中でも、こんな生き方をされる方が、現れてもらいたいものです。どの世界でもそうですが、長老・御意見番という方は、いいことを言うものです。もう亡くなられましたが、御意見番の長老議員さんが、介護保険法などできる前に「そんなごちゃごちゃしたことをする前に、歳したら家で子供さんとか嫁さんに面倒みてもらって、国から月15万円くらい払って、まずやってみたらどうなのかな。どうしてもみる人がいないとか、家では手に追えなくなった人だけ施設でみてもらうようにしたほうが、ええんとちゃうかなぁー」と、ずっと言ってました。私はそれを聞いて大賛成でした。今となっては、介護現場での担い手不足など叫ばれていますが、まずは自宅で、お金を支払ってもやってみるべきでした。試算によると月15万円支払っても、今の介護制度よりずっと少ない予算で介護ができました。人生の最後を病院ではなく、自宅で迎えたいと思っている人も、年々増えています。

世界の中には、親の介護・面倒をみるのは「功徳を積む」ことだとして、老人ホーム・施設などない国もあります。それはそれで困ってしまうのが今の日本ですが、無理して前に進むことばかり考えず、平均寿命の延びも考えて、もっと大きな枠組みで、この国に合った、ゆとりある介護の方法、人生の最後をハッピーエンドで迎えられるような、長寿大国日本らしいあり方を考える時が来ています。

そして、ひとり一人の人生は楽しむためにありま
す。人生の楽しさは、人や世の中、社会から与えられ
るものではありません。自分の人生は、自分で楽し
くできるのです。自分で楽しくした人生は、永遠で
す。誰にも遠慮はいりません。ぞんぶんに、一度だけ
の自分の人生を楽しみましょう。

人生100年時代のイソップ物語

2023年 4 月 1 日　初版第一刷発行

著　者　　　老人ホームりんご学園
会長　塚　田　俊　明
〒 387-0007　千曲市屋代 1165
E-mail：home@ringo-gakuen.co.jp

制　作　　　株式会社アサヒエージェンシー
発行所　　　信毎書籍出版センター
〒 381-0037　長野市西和田 1-30-3
電話／026-243-2105

ISBN978-4-88411-227-1 C0077